大鱼

安妮·刘

一本Storyshares的书

易读难舍

storyshares.org

Storyshares
在全球图书馆中构想新的书架

storyshares.org
费城, 宾夕法尼亚州

国际标准书号 # 9798885976893

storyshares.org

目录

第一章

一声巨响传来。崔僵住了，巨大的岩石从天而降。背上装满砖头的竹篮重量突然变得难以承受，使他的双腿发软。

他不知道该往哪个方向走。他被困在山崖边的狭窄小径上，两边堆满了落下的石头。崔想要呼救，但口中却发不出任何声音。

他猛然惊醒，发现自己在自己的床上。汗水从他的额头渗出，脸颊通红，心脏跳动得很快。

"还是同样的梦，"他说。"石头在我周围崩塌，没有一个同学回头帮我。"

他的母亲抚摸着他的头发。"那只是一个梦，宝贝。这不意味着什么。"

崔的眉毛紧蹙着，望着卧室窗外。远处，他看到房屋点缀在景色中，郁郁葱葱的稻田总能让他露出微笑。他听到树上的鸟儿在啁啾，叹了口气，感受到了宁静和平。

早餐后，他走到学校，一路上踢开小石子。

当他到达时，他站在泥砖教室的门口。身后的太阳将他的巨大阴影投射到房间里。他环顾四周，看到了比他小至少三岁的同学，有的甚至比他小九岁，年龄在六岁到十二岁之间。

他深吸一口气，强颜欢笑，走进教室。几个正在一起说话的孩子安静了下来。一对孩子转过脸去，另一个孩子低下头，假装在包里找东西。

崔的心沉重地跌坐在椅子上，拉出他的书。

第二章

布鲁，一个淘气的十一岁男孩，正在帮老师发昨天的试卷，另一个同学则在擦黑板。

又是数学课？

崔感到头疼。他害怕看到自己的成绩。

布鲁抓起崔的试卷，迅速递给他。"你得了25分，总分100。又不及格了，"他大声说。布鲁低声嘟囔道，"你真笨。"

崔盯着满篇的红色标记，那两个数字"25"像两只红色的蜈蚣一样刺眼。

讨厌。他摇了摇头。为什么其他人这么聪明，而他却总是无法及格？

李老师，一个中年男子，鼻孔里长着白色的毛发，示意大家安静。他的眼睛盯着崔。"我们已经做过很多类似的问题了，但有些学生还是不明白，"他说。

教室里充满了翻动纸张的沙沙声和粉笔在黑板上写字的吱吱声。

汗珠在崔的额头上形成，他的脸红了起来。每当涉及数字时，他就无法跟上。这些数字在纸上像昆虫一样爬行，在他脑中乱成一团。

一颗小石子击中了崔的大腿。他转过头，看到布鲁对他做了个鬼脸。

小坏蛋，崔想。

他试图通过忙着抄写答案来忽略布鲁，但很快又有一颗石子击中了他。

不要失去冷静。

崔记得妈妈告诉他要同情布鲁。崔曾因为布鲁在他的储物柜里粘了一张砂纸而手疼回家。妈妈抚摸着崔的脸，告诉他，这个可怜的男孩在九岁时失去了父母，只能和姑姑及她的三个儿子住在一起。

　　崔的妈妈坚持认为，尽管布鲁的恶作剧很残忍，但他最终会长大。他说，崔应该为了大家的利益忍耐下去。

第三章

举报布鲁只会给他带来灾难性的尴尬，这可能会让他陷入黑暗的深渊。

黄铜学校铃的金属声打断了崔的思绪。教室里充满了移动椅子、笑声和翻书的声音。门被猛地推开，学生们像豆子一样涌了出去。他们兴奋地活跃着，渴望在回家吃午饭前去河里游泳。烹饪的香气从房屋的开放式炉灶烟囱里飘出来，弥漫在空气中。

崔仍在慢慢收拾东西，胸中涌起一阵悲伤。他把手臂放在桌子上，埋下头。他还能想象到几年前同学们的笑脸。他们都是他同龄的孩子，但不像他，他们已经毕业并去了城里的高中。

从那以后，他变得越来越孤单。每次期末考试不及格，他和同学们的年龄差距就会拉大。他糟糕的学术表现成了他脸上的烙印。今年，他的焦虑达到了空前的高度，因为这是他们允许他上学的最后一年。

崔不安地坐在座位上，想着如何才能让一切顺利进行。一颗小石子击中了他的背。"哎呀，"他说。

布鲁和其他三个孩子对他做鬼脸，大笑起来。

"啦啦啦啦啦啦，"他们唱着，声音越来越远。

大多数孩子都直接跑到河边。烈日炎炎时，河水非常诱人。他们随意地把衣服和书包扔在河岸上，然后跳进水里。

欢乐的尖叫声在山谷中回荡。有些孩子试图抓虾和鱼，而其他孩子则潜入水中，笑着喷水。

第四章

　　在所有的欢乐中，崔显得格外突出。他走来走去，没有与任何人接触。他走得很慢，显得犹豫不决。他低着头，肩膀耷拉着。

　　他最想要的是被其他人叫过去，一起跳进凉爽的水中。

　　崔坐在树桩上，晒着太阳，看着他们玩耍。他回忆起老同学和他一起在河里玩的情景。他还能听到他们的笑声，几乎能感觉到清凉的水花。

　　他低头看着胸前的毛发，不自觉地拉起T恤遮住它。他比其他孩子大至少两个尺码，这也让他感到不安。

从他的座位上，崔看着现在的同学们。他想象自己在蜿蜒数英里的河流中被追逐，从山顶到山谷。

他看着布鲁沿着河边走，决心抓到一条鱼。布鲁小心翼翼地走在形状奇怪的鹅卵石上，悄悄地跟踪一条黑色条纹和橙色鳍的鱼。当鱼游到河中间时，他迅速伸出双手抓住了它。

"我抓到了！我抓到了！"他尖叫着，高举着鱼。"大鱼！大鱼！"

所有人都看着布鲁，欢呼和鼓掌。

"大鱼？这只是一条鱼，"崔自言自语。

就在那时，鱼从布鲁的手中挣脱出来，重新回到了水中。他试图抓住它，但失去了平衡，手脚乱舞。强劲的水流把他带到了下游。

布鲁从未学会游泳。

他的同学们愣住了。他们的手现在捂住了嘴，看着这一幕惊恐万分。

崔站了起来，小心翼翼地看着，带着期待。他嘴里发出了一声轻笑，片刻间，他想知道这是否是天意在惩罚布鲁。

第五章

"救命！救命！"

许多小手在空中拼命挥舞。

"救命！"

喊声变得更加紧迫，惊醒了崔。布鲁的头在水中上下浮动，他的手拼命地抓住什么，却只抓到空气。

崔看着，心里很担心。情况越来越严重了，如果没有人做点什么，这个男孩可能会死。

"救命！"布鲁在头浮出水面时喊道。他咳嗽着，呛水了。

崔立刻行动起来。他知道如果布鲁死了，而他却什么也没做，他自己也无法原谅自己。

你不该遭受这种罪，小恶魔，他想。

"布鲁，我来啦——"崔大喊着，跑近他，伸出一根长树枝。"快抓住，布鲁！"

布鲁试图抓住它，但树枝太远了。

崔脱下T恤，跳进河里，游向布鲁，但水流太强。崔的心沉了下去。

布鲁和崔反复尝试靠近对方。这些拼命的尝试让布鲁筋疲力尽，他吞下了更多的水。当崔奋力扑向他时，布鲁苍白的脸消失在水下。

崔惊慌失措，深吸一口气，潜入水中寻找布鲁。

在水下，布鲁看起来像是死了。他的眼睛闭着，整个身体向前倾，下巴贴着胸口。他的手臂张开，仿佛在向命运屈服。

崔的心跳加速。当他接近布鲁时，肺部感到灼热。他喘不过气来，呛了一口刺痛的水。在吞下更多的水后，他终于到达了布鲁，将他抱在强壮的臂弯里。游到水面比他想象的要难得多。

当他们终于浮出水面时，其他孩子在河岸边跑着，他们发出了大声的松了一口气的叫声。

第六章

崔慢慢地向岸边移动。当他把布鲁放在碎石堆上，自己也倒在旁边时，突然传来了山谷里的叮叮当当声。家长们在敲打他们的锅碗瓢盆，呼唤他们的孩子们。孩子们像受惊的鹿一样跑回山上各自的家。

崔感到胃里一阵翻腾，开始呕吐出水。他盯着旁边脸色苍白的布鲁，不断按压他的胸口，直到布鲁咳出水来。

崔想躺下睡觉，但他知道必须把布鲁带到能帮忙的人那里去。他抬起自己沉重、酸痛的身体，沿着河岸寻找树枝。用找到的树枝做成简易担架后，他回到布鲁身边，小心地将他抬上去。

崔抓住担架的一端，沿着山间的蜿蜒小路向草药医生的家走去。随着山势越来越陡峭，他感觉自己像在拖着一块巨石。到达草药医生的门口时，崔已经满身是汗，敲门时腿也不由自主地软了。

"医生，救命！"他刚喊出口，就感到双腿一软，眼前一黑。

"太好了，你醒了，"一个声音说道。

崔睁开眼睛，看到草药医生那张布满皱纹的脸在俯视着他。

"别担心，你的朋友在另一间房间里睡着了，他会好起来的。"

草药医生从崔的身体上拔出一些针，然后给他喝了一种草药茶。崔乖乖地喝了一小口，捏住鼻子咽下剩下的苦茶。

崔把布鲁掉进河里差点淹死的整个故事都说了出来。草药医生严肃地点了点头。当崔离开时，他瞥了一眼布鲁所在的房间，看到他全身都扎满了针。

第七章

第二天早上，崔像往常一样去上学。他注意到布鲁不在教室里。他走到自己的课桌旁，绕过围在桌子周围的孩子们。

崔正跪在地上，寻找从他的午餐袋里掉出来的鸡蛋，这时布鲁走了进来。坐在崔前面的女孩用手挡住了鸡蛋，把它还给了他。当崔坐回椅子时，布鲁把椅子拉走了。崔重重地摔在地上，向后倒去，尘土飞扬。

痛感从崔的臀部直冲到骨头里。他咬紧牙关，忍住泪水。四肢朝天的崔看起来像电视广告里那个笨拙的动画熊。

布鲁指着崔，笑得捧着肚子。

捡起崔鸡蛋的女孩对布鲁投以冰冷的目光，皱着眉头对他说："在他为你做了那件事之后？你真是太过分了。"

布鲁皱起眉头。"什么？"

女孩走过去，扶起崔。她拍了拍崔的肩膀，轻声对他说了些安慰的话。

"老师来了！"一个学生小声说。

崔坐回椅子上，皱着眉头。

他很难集中注意力。臀部的疼痛和布鲁的恶行让他的心情沉重。

那天晚上，崔爬到山顶，从他最喜欢的岩石上眺望山谷。当他坐下时，腿部的疼痛让他猛地跳了起来。愤怒刺痛了他的眼睛。他握紧拳头。

他的心里充满了悲伤，低下头感到沮丧。他知道自己今年可能也不会通过考试。他将不得不成为一个农民。

第八章

泪水顺着崔的脸颊流下来。在金色的暮光中，崔用手指按压着太阳穴。

"啊——！"

他的怒吼在山谷中回荡。他一直喊到喉咙沙哑，直到全身只剩下麻木的感觉。

当大白鹭在他上方盘旋，山风吹过他的身体时，他摇晃着身子，感到一种安慰。崔站在那里，想着自己的命运，看着鸟儿们直到它们安然落入巢中。夜幕降临，星星出现在深蓝色的天幕上。崔躺在一块草地上，想着自己还能做什么。

　　仰望浩瀚的天空，他注意到星星在对他眨眼。他感到胸口敞开，悲伤消退。当他更深入地凝视天空时，他看到了自己就像其中的一颗星星。他感到完整。

　　他突然对自己感到平静，既高兴能成为众星中的一员，也同样满意独自一人。他确信那些闪烁的星星在对他眨眼。

　　第二天，崔放学后急匆匆地回家，感到一种奇怪的轻松和快乐。

　　"等一下，"有人叫道。

　　布鲁跑过来，拦住他。

　　"崔，等一下，"他说。

　　崔停了一下，看到布鲁气喘吁吁地站在他面前。然后他继续往前走。

　　"请让我解释一下，"布鲁说。

　　崔怀疑地看着他。

　　"对不起，我一直是个混蛋。"布鲁微微低下头。"她告诉我……你救了我……我什么都不记得了，我也不知道为什么……"他双手抱头，然后抬起头来。

崔耸了耸肩，不敢相信地摇了摇头。

"是真的，"布鲁说。"我不记得那天发生的事。"

第九章

崔的嘴角微微上扬。"所以，你真的不知道？"他问。

"这是我最喜欢的。我特地留给你。"布鲁把一块烤红薯塞到崔手里。"你知道，我的数学还不错……我愿意帮你，"布鲁说。

"你到底想要什么？"崔问。

"什么都不要。我只是很感激……感谢你在河边所做的一切，"布鲁说。

崔耸了耸肩，转身离开，脸上偷偷露出一丝微笑。

第二天下午，崔邀请布鲁和他一起去山顶的 "藏身处"。崔教布鲁如何设置小动物陷阱。

布鲁打开书包，拿出一本厚厚的数学教材，翻到一页上有一个鲜艳的黄红色八面体。崔看着布鲁的肩膀，盯着那个神秘的形状，感觉自己像被困在他经常捕捉的小动物陷阱中的一只小动物。他不由自主地颤抖了一下。

布鲁抓住崔的前臂，示意他坐下。他告诉崔，八面体其实就是一堆三角形。

崔尝试解第一个问题。当他抬头看向布鲁寻求确认时，两个男孩注意到天空变成了耀眼的紫色、洋红色和金色，太阳在远处的山后落下。

附近的陷阱发出沙沙声，布鲁跳起来跑过去。两个男孩兴奋地跳上跳下，解开他们捕到的兔子。

布鲁再次打开书本，建议他们继续学习。崔松了一口气，黄昏使得看书变得不可能。他开始想着家里等着他的食物。

布鲁坚持说他们不能停下来，因为还有很多问题没有解决。于是崔终于同意晚饭后继续学习。

当他们来到崔家时，香喷喷的味道让两个男孩

第十章

急忙跑进屋子。布鲁的眼睛瞪得大大的，口水直流，看到桌上摆着五花肉块、煎鸡腿、蛋花汤和炒卷心菜。所有食物都整齐地摆在圆形木桌上。

崔的母亲脸上露出了温暖的笑容，招呼两个男孩到桌旁。她给每个人递了一碗蒸米饭，并拍了拍布鲁的肩膀，感谢他帮助崔。她把布鲁的碗装得满满的。

布鲁立即大口吃了一块红烧五花肉，闭上眼睛，品味着咸甜的味道。接着他又吃了一块鸡腿。当他终于抬起头时，崔轻声笑了。布鲁的嘴上沾满了棕色的肉汁，看起来像一个大嘴的丑角。

晚饭后，他们完成了晚上的学习，布鲁准备离开时，崔的母亲对他笑了笑。"布鲁，你是个好孩子，"她说。

布鲁回以微笑。崔意识到这是他第一次看到布鲁真正地微笑。

从那以后，每个晚上，人们都能看到崔和布鲁在崔的卧室里学习到深夜的剪影。那房间的灯光像珠宝在黑暗中闪烁，是宁静山景中的一颗星星。